LEKTÜRE HILFE

Das unbekannte Meisterwerk

Honoré de Balzac

LEKTÜRE HILFE

Das unbekannte Meisterwerk

Honoré de Balzac

Verfasst von Florence Meurée
Übersetzt von Gerda Fischer

DER QUERLESER

Auf derQuerleser.de findest Du:
Zahlreiche verständliche und
detaillierte Lektürehilfen in
Nullkommanichts in digitaler
Version oder als Taschenbuch.

HONORÉ DE BALZAC

FRANZÖSISCHER SCHRIFTSTELLER

- **Geboren 1799 in Tours (Indre-et-Loire)**
- **Gestorben 1850 in Paris**
- **Einige seiner Werke:**
  - *Les Chouans* (1829), Roman
  - *Eugénie Grandet* (1833), Roman
  - *Le Père Goriot* (1835), Roman

Honoré de Balzac ist einer der wichtigsten französischen Schriftsteller des 19. Jahrhunderts. Als junger Mann öffnete er sich die Türen zu den aristokratischen Kreisen von Paris, in denen er immer wieder verkehrte. Das literarische Schreiben, das er mit Leidenschaft und Fleiß betreibt, wird für ihn zum einzigen Mittel, um seine Schulden zu begleichen.

Er war ehrgeizig und arbeitete an einem monumentalen Werk, *La Comédie humaine*, das mehr als 90 Romane umfasste und ein umfassendes Porträt der Gesellschaft seiner Zeit zeichnen sollte, um „dem Zivilstaat Konkurrenz zu machen" (DE BALZAC H. *Œuvres complètes*, Bd. I, Paris, Alexandre Houssiaux, 1855, S. 22).

Balzac gilt als einer der Väter des modernen realistischen Romans.

DAS UNBEKANNTE MEISTERWERK

- **Genre**: Kurzgeschichte

- **Referenzausgabe**: *Le Chef-d'œuvre inconnu* suivi de *La Leçon de violon*, Paris, Le Livre de Poche, Coll. « Les classiques d'aujourd'hui » (Die Klassiker von heute), 2002.

- **1. Ausgabe**: 1831

- **Thematisch**: Kunst, Malerei, *Mimesis*, Mythologie, Perfektion, Wahnsinn

Le Chef-d'œuvre inconnu ist eine Kurzgeschichte, die erstmals 1831 unter dem Titel *Maître Frenhofer* in der Zeitschrift *L'Artiste* erschien *und* später in eine Untergruppe von *La Comédie humaine* aufgenommen wurde: die *Études philosophiques*.

Die Handlung ist im 17. Jahrhundert angesiedelt und konzentriert sich auf die Figur des Malers Frenhofer, der den Ehrgeiz hat, ein perfektes Frauenporträt zu malen. Die Novelle bietet somit eine Reflexion über die Macht der Kunst und den Status des Malers.

Balzacs kurze Erzählung erlangte einen gewissen Nachruhm und diente Schriftstellern und Malern gleichermaßen als Inspirationsquelle.

ZUSAMMENFASSUNG

ERSTER TEIL – GILLETTE

Die Geschichte spielt im Jahr 1612 in Paris. Ein junger Mann besucht Meister François Porbus (Frans Pourbus der Jüngere, flämischer Maler, 1569-1622), den ehemaligen Maler von Heinrich IV. (König von Frankreich und Navarra, 1553-1610), der von Maria von Medici (Königin von Frankreich, 1573-1642) seines Amtes enthoben wurde, weil sie Rubens (flämischer Maler, 1577-1640) vorzog. Der Besucher, der sich ebenfalls als Künstler entpuppt, ist von dem Gedanken an diese Begegnung beeindruckt und traut sich aus Schüchternheit nicht, bis zum Atelier von Porbus hinaufzugehen. Schließlich gesellt sich ein alter Mann auf der Treppe zu ihm und klopft an die Tür, woraufhin beide von Porbus in den mit Malutensilien überfüllten Raum geführt werden.

Der alte Mann beginnt einen langen Kommentar zu einem Gemälde von Porbus, das die heilige Maria, die Ägypterin (christliche Büßerin, ca. 345 bis ca. 422), darstellt. Obwohl er das Bild für technisch perfekt ausgeführt hält, kritisiert er, dass es nicht genug Realität ausstrahlt. Für ihn wirkt die Frau, die Porbus gemalt hat, nicht lebendig genug: „Sie haben den Anschein von Leben, aber Sie drücken nicht seine überfließende Überfülle aus." (p. 45)

Da er es nicht mehr aushält, reagiert der junge Mann, indem er Porbus' Malerei lobt. Er stellt sich vor: Sein Name ist Nicolas Poussin (französischer Maler, 1594-1665) und er ist ein angehender Künstler. Der alte Mann bat Porbus, ihm Pinsel und Farben zu geben, und mit ein paar Farbtupfern gelang es ihm, die Darstellung der Ägyptischen Maria zu verwandeln und ihr echtes Leben einzuhauchen. Trotzdem fand er, dass sie noch nicht so gut war wie sein Meisterwerk *La Belle Noiseuse* (*Die schöne Haselmaus*).

Der alte Maler – von Porbus erfährt man, dass er Frenhofer heißt – lädt die beiden Männer dann zum Abendessen in sein Haus ein, wo einige wunderschöne Bilder versammelt sind. Poussin ist von ihrer Schönheit überwältigt. Porbus erzählt Frenhofer von seinem Wunsch, *La Belle Noiseuse* zu sehen, das berühmte Gemälde mit einer Frau, die der alte Mann Catherine Lescault nannte, und an dem er seit zehn Jahren arbeitete. Dieser antwortet ihm, dass er es noch perfektionieren müsse. Dann erklärt er, wie er daran gearbeitet hat, und gesteht, dass er trotz aller Fehler, die er vermeiden konnte, an seinem Werk zweifelt. Er fragt sich, ob er jemals eine perfekte Frau finden wird, die geeignet ist, ihm als Modell zu dienen.

Die beiden anderen Maler halten sich von Frenhofer fern, der sich in seinen Überlegungen verliert. Poussin will sich in das Atelier des alten Mannes begeben, aber Porbus erklärt ihm, dass niemand das Atelier betreten darf. Der Neuling, der das nicht so sieht, ist entschlossen, in den Ort einzudringen, an dem Frenhofer seine Bilder schafft.

Als er in sein Hotel zurückkehrt, fragt er seine schöne Freundin Gillette, ob sie bereit wäre, für einen anderen Mann Modell zu stehen, damit er ein großer Maler werden kann. Poussin hofft, dass Frenhofer ihm im Austausch für seine Geliebte sein Meisterwerk zeigen würde, das die Geheimnisse der Malerei enthält. Zunächst weigert sich Gillette, weil sie glaubt, dass sie sich damit unwürdig machen würde, noch von Poussin geliebt zu werden, und dass er sie folglich verlassen würde. Schließlich stimmt sie unter der Bedingung zu, dass er hinter der Tür des Zimmers bleibt, in dem sie als Modell dienen wird, und dass er den Maler tötet, falls sie jemals schreien sollte. Das Mädchen, das den Eindruck hat, dass Poussin von der Kunst besessen ist und sie nicht mehr liebt, bereut die eingegangene Verpflichtung sofort.

ZWEITER TEIL – CATHERINE LESCAULT

Drei Monate nach dem Treffen der drei Männer besucht Porbus Frenhofer, der entmutigter ist als je zuvor. Der alte Maler glaubte, sein Gemälde endlich vollendet zu haben, aber einige Details müssen noch überarbeitet werden. Er plant, in die Türkei, nach Griechenland und Asien zu reisen, um neue weibliche Modelle zu finden. Porbus teilt ihm mit, dass er ihm diese Reise ersparen könne, da Poussins Lebensgefährtin eine körperlich perfekte Frau sei und bereit sei, für ihn Modell zu stehen, wenn er und Poussin im Gegenzug sein Werk sehen dürften. Wie ein besitzergreifender Liebhaber weigert sich der alte Mann kategorisch, seine „Ehefrau" (S. 65) den Blicken anderer Männer auszusetzen.

Während Porbus, der von der Heftigkeit, mit der Frenhofer reagiert, überrascht ist und schon aufgeben will, kommen Poussin und Gillette bei dem alten Mann an. Dieser beobachtet das junge Mädchen aufmerksam und zieht sie mit seinen Blicken aus. Von Eifersucht gepackt, will Poussin mit seiner Begleiterin nach Hause gehen, aber Frenhofer lässt sich schließlich auf den Deal ein. Der angehende Maler droht ihm daraufhin, ihn zu töten, wenn er Gillette etwas antut.

Nach einiger Zeit öffnet Frenhofer die Tür zu seinem Atelier und bittet Porbus und Poussin herein. Diese bewundern die Bilder, die sich dort befinden und die Frenhofer als „Fehler" (S. 72) bezeichnet. Er versichert ihnen, dass sein neuestes Werk perfekt sei und dass die Frau, die er gemalt habe, lebensecht sei. Doch als Porbus und Poussin vor der Leinwand stehen, sehen sie nichts anderes als eine Aneinanderreihung von Farbschichten. Inmitten dieser „Wand aus Farbe" (S. 74) taucht nur ein Fuß auf, der echt zu sein scheint. Poussin glaubt zunächst, dass der alte Mann sich über sie lustig macht, erkennt dann aber, dass er es ernst meint: Frenhofer fantasiert und ist überzeugt, dass die beiden anderen Maler den weiblichen Körper, den er ihnen beschreibt, tatsächlich erblicken.

Poussin sagt zu Porbus, dass Frenhofer früher oder später merken wird, dass auf seinem Gemälde nichts abgebildet ist. Der alte Mann hört diese Bemerkung und wird wütend. Dann fragt er Porbus, ob er sein Bild verdorben habe. Porbus, der nicht weiß, was er antworten soll, deutet mit einer Geste auf sein Gemälde und sagt: „Sehen

Sie!" (S. 76). So erkennt Frenhofer, dass keine einzige weibliche Figur auf dem Gemälde zu sehen ist. Er ist verzweifelt, weint und erklärt sich für verrückt. Doch gleich darauf beschuldigt er die beiden Künstler, neidisch zu sein und zu planen, sein Meisterwerk zu stehlen.

Poussin hört Gillette plötzlich weinen. Sie möchte, dass ihr junger Begleiter, den sie als verächtlich empfindet, sie tötet. Der alte Mann ist sehr misstrauisch und wirft sie alle aus dem Haus. Am nächsten Tag möchte Porbus Frenhofer wiedersehen, erfährt aber, dass dieser gestorben ist, nachdem er alle seine Gemälde zu Asche verbrannt hat.

UNTERSUCHUNG DER CHARAKTERE

FRENHOFER

Als wohlhabender alter Mann ist Frenhofer ein außergewöhnlicher Künstler. Er behauptet, der einzige Schüler des flämischen Malers Mabuse (um 1478-1532) gewesen zu sein. Er verfügt über umfassende Kenntnisse der Malerei, sowohl in technischer Hinsicht als auch in Bezug auf die Kunstgeschichte. Er scheut sich nicht, sein Wissen weiterzugeben und gibt jüngeren Künstlern gerne Ratschläge.

Er ist ein geheimnisvoller Mann: Niemand durfte je sein Atelier betreten, um seine Arbeit zu bewundern, und er hatte nie einen Schüler, dem er die Geheimnisse seiner Technik anvertraut hätte. Für ihn war die Malerei eine heilige Praxis.

Sein großes Projekt ist ein Gemälde, das eine Frau darstellt, die den Eindruck erweckt, echt zu sein. Seit Jahren widmet Frenhofer sein Leben diesem Gemälde. Immer wieder glaubt er, es endlich vollendet zu haben, doch jedes Mal stellt er fest, dass einige Details nicht die Perfektion erreichen, die er anstrebt.

Die Besessenheit des Malers von seinem Meisterwerk, das er seine Catherine Lescault nennt, treibt ihn allmählich in den Wahnsinn. Der Text liefert mehrere Hinweise auf seine schwankende geistige Gesundheit:

- Der Erzähler bezeichnet ihn als „singuläre Person, die so verrückt redet" (S. 47);

- Porbus behauptet, er sei „genauso verrückt wie ein Maler" (S. 60);

- Der alte Mann verhält sich so, als wäre die Frau, die er malt, wirklich seine Ehefrau. So kommt es für ihn einem Akt der Prostitution gleich, wenn er sie anderen Männern zeigt. Als er all die Liebe, die er für seine Figur empfindet, zum Ausdruck bringt, fragt sich der Erzähler: „War Frenhofer vernünftig oder verrückt?" (S. 68).

Am Ende wird ihm durch die Reaktionen von Porbus und Poussin auf sein Gemälde klar, in welchem Delirium er sich befindet. Er kann die harte Rückkehr in die Realität nicht ertragen, und der Tod wird zu seinem einzigen Ausweg.

NICOLAS POUSSIN

Balzac entschied sich dafür, einen Maler in seine Fiktion einzufügen, der wirklich existiert hat. Nicolas Poussin ist nämlich einer der großen französischen Meister des malerischen Klassizismus. In der Novelle stellt der Autor ihn als einen jungen, noch unbekannten Anfänger vor. Er ist erst vor Kurzem in Paris angekommen und lebt in ärmlichen Verhältnissen. Das hindert ihn jedoch nicht daran, talentiert zu sein: Frenhofer macht ihm Komplimente, als er das Gemälde von Porbus gekonnt kopiert.

Der junge Mann ist zwischen zwei scheinbar unverein-
baren Leidenschaften hin- und hergerissen. Einerseits
wünscht er sich sehnlichst, ein großer Maler zu werden.
Als er auf dem Weg zu Porbus Frenhofer entdeckt,
möchte er, dass dieser ihn in die Geheimnisse der
Kunst einweiht und zu diesem Zweck versucht er, den
alten Mann davon zu überzeugen, ihn in sein Atelier zu
lassen. Andererseits ist er in seine Geliebte Gillette verliebt: Dass sie für Frenhofer Modell steht, macht ihn
traurig, düster und reumütig. Eifersucht überkommt
ihn, was direkt auf die Haltung des alten Malers gegenüber seinem Werk anspielt (beide sind bereit, für ihre
Geliebte zu töten).

Die Liebe zur Kunst scheint jedoch stärker als alles
andere zu sein:

- als Gillette seinen Vorschlag, für einen anderen Mann
  Modell zu stehen, ablehnt, scheint er ihre Wahl
  zunächst zu akzeptieren („Ich habe mich geirrt,
  meine Berufung ist es, dich zu lieben. Ich bin kein
  Maler, ich bin verliebt", S. 63). Doch gleich darauf versucht er erneut, sie zu überzeugen, indem er erklärt,
  dass Frenhofer nur ein alter Mann ist;

- Gillette erkennt die Leidenschaft, mit der ihr Geliebter
  ein Gemälde von Frenhofer betrachtet, das er für
  einen Giorgione (venezianischer Maler, 1477-1510)
  gehalten hat: „So hat er mich noch nie angeschaut"
  (S. 71), sagt sie;

- als er Frenhofers Atelier betritt und dort die Wunder
  der Malerei entdeckt, vergisst er seine Freundin völ-
  lig, bis ihr Schluchzen seine Aufmerksamkeit erregt.

GILLETTE

Gillette ist die Geliebte von Poussin, in den sie tief verliebt ist. Der Erzähler beschreibt sie als gehorsam und fröhlich, aber es ist ihre körperliche Schönheit, die sie vor allem auszeichnet. Sie steht im Mittelpunkt der Vereinbarung zwischen Frenhofer und den beiden anderen Malern, eben weil sie einen perfekten Körper hat.

Als würdevolle Frau ist sie zunächst nicht bereit, einem Fremden ihre Nacktheit zu offenbaren. Aber Gillette ist „eine dieser edlen und großzügigen Seelen, die kommen, um in der Nähe eines großen Mannes zu leiden" (S. 61); daher ist sie bereit, sich für Poussins Karriere zu opfern, auch wenn sie davon überzeugt ist, dass ihre Liebe dieser Prüfung nicht standhalten wird. Tief in ihrem Inneren ist sie von der Haltung ihres Gefährten enttäuscht, der sie zu einer Tauschware macht („Sie glaubte bereits, den Maler weniger zu lieben, indem sie ihn als weniger schätzenswert verdächtigte", S. 64).

Das schlechte Gefühl, das sie kurz vor dem Betreten von Frenhofers Haus hat, ist eine Art des Autors, den tragischen Ausgang der Novelle anzukündigen. Nachdem sie als Modell gedient hat, scheint sie am Boden zerstört zu sein, und voller Wut behauptet sie, Poussin zu hassen.

PORBUS

Porbus ist der zweite reale Maler, der in der Novelle den Status einer Figur hat: Frans Pourbus der Jüngere ist ein flämischer Maler, der für den französischen Hof gearbeitet hat. Zu seinen Hauptwerken gehört das Porträt des französischen Königs Henri IV, das Balzac in *Das unbekannte Meisterwerk* erwähnt.

Er ist Mitte vierzig und „valétudinaire" (S. 36), d. h. von schwankender Gesundheit. Die Aufregung, die Poussin empfindet, als er ihn besucht, beweist, dass er in der Kunstwelt einen erstaunlichen Ruf genießt. Er ist ein großer Künstler: Frenhofer erklärt, dass nur die „in die intimsten Geheimnisse der Kunst Eingeweihten" (S. 47) die Mängel seines Gemäldes *Maria, die Ägypterin* erkennen können.

Er erreicht jedoch nicht das Niveau von Frenhofer, da er das Geheimnis nicht kennt, das seinen Werken einen Funken Leben verleiht. Genau wie Poussin würde er gerne das Gemälde sehen, dessen Vorzüge Frenhofer immer wieder anpreist, und sich dadurch als Künstler verbessern. Für ihn steht die Kunst über allem: „Die Früchte der Liebe vergehen schnell, die der Kunst sind unsterblich." (p. 71)

SCHLÜSSEL ZUM LESEN

EINE KURZGESCHICHTE MIT ZWEI FACETTEN

Die Kurzgeschichte ist eine schillernde literarische Gattung, deren Definition sich im Laufe der Epochen verändert hat. Die Experten sind sich jedoch in einigen Punkten einig, die in einer Notiz von Baudelaire (französischer Schriftsteller und Literaturkritiker, 1821-1867) zusammengefasst sind: „[Die Novelle] hat gegenüber dem Roman mit großen Proportionen diesen immensen Vorteil, dass ihre Kürze zur Intensität des Effekts beiträgt" (DION R., « Nouvelle » in ARON P., SAINT-JACQUES D. & VIALA A. (Hrsg.), *Le dictionnaire du littéraire*, Paris, Presses universitaires de France, 2002, S. 402). So zeichnet sich die Kurzgeschichte durch ihre – kurze – Länge und ihre straffe Handlung aus, die zu einer überraschenden Pointe führt. Zu diesen beiden Merkmalen kommt die zeitliche Nähe der erzählten Ereignisse hinzu. Die Kurzgeschichte hat den Anspruch, dem Leser eine wahre und aktuelle Begebenheit zu vermitteln.

Balzac, ein Autor des 19. Jahrhunderts, ist ein Vertreter der Novellistik, die im Wettbewerb mit der Reportage und dem Tatsachenbericht „auf wahrscheinliche Aussagen zurückgreift, auf die sich sowohl das Phantastische als auch der Realismus stützen" (*ebd.*). In *Le Chef-d'œuvre inconnu werden* diese beiden literarischen Genres miteinander kombiniert.

Das Fantastische

In *Das unbekannte Meisterwerk* wird der Leser von Anfang an in eine fantastische Atmosphäre versetzt, insbesondere durch die Figur des Frenhofer. Tatsächlich nimmt Poussin in ihm vom ersten Blick an „etwas Diabolisches" wahr (S. 34). Seine Beschreibung enthüllt die Einzigartigkeit dieser mysteriösen Figur, „der Tag [...] eine fantastische Farbe verlieh" (S. 36). Er scheint sogar besessen zu sein, sobald er Pinsel in der Hand hält: „Es schien, als befände sich im Körper dieser seltsamen Figur ein Dämon, der durch seine Hände wirkte, indem er sie gegen den Willen des Menschen fantastisch ergriff." (p. 49)

Das Übernatürliche scheint also inmitten der Realität aufzutauchen, zumal Poussin in seinen Aussagen zögert, als sei er sich nicht sicher, ob das, was er sieht, wirklich Frenhofer ist. Es sei übrigens angemerkt, dass, während Porbus und Poussin existierten, Frenhofer der einzige Maler ist, der fiktiv ist. Diese Erfindung erhöht die fantastische Aura der Figur, die von da an zu einer Art Geist in einer plausiblen und realistischen Geschichte wird.

Das Geheimnis um das Meisterwerk, *La Belle Noiseuse*, steigert die fantastische und mysteriöse Atmosphäre, die in der Kurzgeschichte herrscht, umso mehr. Der Maler beschreibt dieses Werk als gleichwertig mit einer Frau, die mit dem Atem des Lebens ausgestattet ist. Er hütet es eifersüchtig für sich allein. Der Leser fragt sich, warum das Atelier des Malers und sein Meisterwerk so geheim sind: Was könnte sich darin befinden? Was ist dieses perfekte Werk? Existiert es wirklich? All diese Fragen werden erst auf den letzten Seiten der Novelle beantwortet, auf denen uns der Wahnsinn des Schöpfers offenbart wird.

Realismus

Neben den fantastischen Einsprengseln ist die Kurzgeschichte in der Realität verankert. Die Geschichte ist durchaus plausibel mit u. a.:

- **die Beschreibungen**. Schon in den ersten Zeilen beschreibt Balzac detailliert die Orte, Kleidungsstücke und Personen, die Poussin begegnen. So ist beispielsweise das Atelier von Porbus Gegenstand einer umfassenden Beschreibung. Der Leser erfährt eine Fülle von Details und unter anderem, dass „[d] unzählige Entwürfe, Studien mit drei Bleistiften, mit Rötel oder Feder, die Wände bis zur Decke bedeckten. Schachteln mit Farben, Öl- und Benzinflaschen und umgestürzte Trittleitern ließen nur einen schmalen Weg frei, um unter den Heiligenschein zu gelangen, den das hohe Glasdach warf" (S. 37). Er kann sich nun jeden Ort und jedes Detail der Szenerie vorstellen. Zu den Aufzählungen und dem präzisen Vokabular kommt die Fülle an Adjektiven, die ebenfalls zum Realismus der Beschreibungen beitragen: „Stellen Sie sich eine kahle, gewölbte, vorspringende Stirn vor, die auf eine kleine, gequetschte Nase fällt, die an der Spitze aufgerollt ist, wie die von Rabelais [französischer Schriftsteller, ca. 1494-1553] oder Sokrates [griechischer Philosoph, 470 v. Chr.-399 v. Chr.]." (p. 34);

- **Orte und Ereignisse**. Punktuell werden Straßennamen genannt. So kann sich der Leser ein Bild von der Umgebung machen, in der sich die Figuren bewegen. Sie wandern von Porbus' Haus „in der Rue des Grands-Augustins in Paris" (S. 32) zu „dem schönen Holzhaus [Frenhofers] in der Nähe der Brücke Saint-Michel" (S. 50); und nicht zu vergessen Poussin, der „zur Rue de la Harpe [und] zu dem bescheidenen Gasthaus, in dem er untergebracht war" (S. 60) geht. Der Leser kann also auf den Spuren der Figuren im 6. Arrondissement von Paris wandeln, das an die Kathedrale Notre-Dame grenzt. Darüber hinaus werden mehrere Anspielungen auf historische Ereignisse gemacht. Tatsächlich ist das Jahr 1612, in dem die Geschichte spielt, eine „Zeit der Unruhe und der Revolutionen" (S. 38). Frankreich hatte gerade erst eine lange Zeit des Bürgerkriegs hinter sich, in der die Religionskriege fast 36 Jahre lang gewütet hatten. Diese fast unaufhörliche Abfolge von Kriegen zwischen Katholiken und Protestanten hatte das Land auf den Kopf gestellt. Die Kriege endeten offiziell mit der Unterzeichnung des Edikts von Nantes im Jahr 1598. Dennoch überrascht Frenhofer seine Gäste, als er ihnen „geräucherten Schinken [und] guten Wein [...] trotz des Unglücks der Zeiten" (S. 50) anbietet. Die Kriege haben auch die königliche Autorität untergraben und dadurch das Land und seine Organisation destabilisiert. König Heinrich IV. wurde übrigens 1610 ermordet, also zwei Jahre vor der Geschichte, um die es hier geht;

- **die realen Personen**. Zwei der drei Hauptfiguren sind nämlich berühmte Maler des 17. Jahrhunderts, Porbus

(Frans Pourbus der Jüngere) und Nicolas Poussin. Darüber hinaus gibt es in *Das unbekannte Meisterwerk* zahlreiche Verweise auf große Namen der Malerei: Von Mabuse über Raffael (italienischer Maler und Architekt, 1483-1520), Rubens und Rembrandt (niederländischer Maler und Grafiker, 1606-1669) bis hin zu Giorgione ist der Text voll von diesen illustren Referenzen. Über die bloße Andeutung hinaus bietet Balzac dem Leser einen Diskurs über die Malerei, eine Art Kommentar zur Kunstgeschichte. Frenhofer stellt sich somit als Sprecher und Theoretiker der Malerei dar, insbesondere wenn er über das Werk von Porbus diskutiert: „Du bist unentschlossen zwischen den beiden Systemen geschwebt, zwischen Zeichnung und Farbe, zwischen dem minutiösen Phlegma, der präzisen Steifheit der alten deutschen Meister und der blendenden Glut, der glücklichen Fülle der italienischen Maler." (S. 41) Der Diskurs über die Malerei geht sogar noch weiter, indem er sich mit dem Thema des Künstlers befasst, der als Schöpfer und nicht als „gemeiner Kopist" (S. 42) gesehen wird.

Aus diesen und anderen Gründen lässt sich die Novelle in die Nähe einer Untergattung des Romans rücken, die als „Malerroman" bezeichnet wird. Dieser Roman ist sowohl dem biografischen als auch dem historischen Roman zuzuordnen. Es handelt sich um einen Romantyp, der im 19. Jahrhundert entstand und sich mit den Herausforderungen der Malerei befasst. Die Handlung dreht sich also um die Figur eines Malers oder um ein malerisches Projekt. Beispiele hierfür sind *L'OEuvre* von Zola (französischer Schriftsteller, 1840-1902) oder

Manette Salomon der Brüder Goncourt (französische Schriftsteller, Edmond [1822-1896] und Jules [1830-1870]). Zwischen Malerei und Literatur wurde in dieser Zeit ein offener Dialog geführt, der oft zu einer Zusammenarbeit führte.

Eine der bekanntesten Kooperationen entstand zum Beispiel aus der freundschaftlichen Beziehung zwischen Claude Monet (französischer Maler, 1840-1926) und Stéphane Mallarmé (französischer Dichter und Kritiker, 1842-1898). Die beiden tauschten sich über Kunst aus und schlossen sich zusammen, insbesondere als Monet Mallarmés Übersetzung des Werkes *Der Rabe* von Edgar Allan Poe (US-amerikanischer Schriftsteller, 1809-1849) illustrierte. Neben dieser entstand eine Vielzahl weiterer Kooperationen in den Salons, in denen sich Schriftsteller, Maler, Musiker und andere Intellektuelle trafen.

EINE ROMANTISCHE VORSTELLUNG VON KUNST

Obwohl Balzac seine Handlung zu Beginn des 17. Jahrhunderts ansiedelt, stellt er in seiner Novelle dennoch eine zeittypische Sicht auf die Kunst und den Künstler dar:

- **Maler aus Berufung**. Alle drei Protagonisten sind Maler aus Berufung. Sie leben für die Kunst, die sie als eine reine, fast religiöse Tätigkeit betrachten. Maler zu sein, ist Teil ihrer Identität. Poussin wünscht sich tief in seinem Inneren eine große Karriere als Künstler, für die er sich bestimmt fühlt. Frenhofer hingegen verkörpert den genialen Künstler in dem Sinne, dass er nicht nur den ästhetischen Kanon kopiert, sondern etwas Neues erschafft. Dieses Künstlerprofil taucht erst im 19. Jahrhundert wurde die Kunst als eine Form des Handwerks, ein Gewerbe;

- **die Armut.** Das Elend, in dem Poussin lebt, ist ein Echo auf die bohemischen Künstlerkreise des 19. Jahrhunderts, die ihre Armut als Gegensatz zu den Werten der bürgerlichen Klasse beanspruchten;

- **das angeborene Talent.** Um ein großer Künstler zu werden, muss man sich der Magie der Initiation unterziehen. In seiner Novelle lehnt Balzac die Idee einer langen Lehrzeit ab, die in den 1600er-Jahren jedoch üblich war. Poussin hat nicht die Absicht, eine Kunstschule zu besuchen: Er ist bereits talentiert, aber er möchte von Frenhofer in die Geheimnisse der Kunst eingeweiht werden;

- **das Atelier.** Das Atelier ist ein privater Ort, an dem der Maler allein kreativ ist. Im 17. Jahrhundert waren die meisten Ateliers jedoch Gemeinschaftsräume.

Dies sind typische Merkmale der romantischen Strömung.

 Die Romantik und ihre Helden

Die romantische Bewegung entstand Ende des 18. Jahrhunderts in verschiedenen europäischen Ländern, angefangen mit Deutschland und England. Die Bewegung, der sich auch Frankreich anschloss, vereinte

Schriftsteller und Künstler, die den Rationalismus der Aufklärung ablehnten. Diese Schriftsteller und Künstler wollen die Erforschung der Leidenschaften des Ichs und die Gemeinschaft mit der Natur, die voller Reichtümer und Geheimnisse ist, in den Vordergrund stellen. Von nun an werden die klassische Ordnung und die Regeln zugunsten der kreativen Freiheit abgelehnt.

Während sich die Bewegung um 1800 allmählich entwickelte, wurde das Wort „Romantik" zur Bezeichnung der literarischen und kulturellen Bewegung erst ab 1820 verwendet. In Frankreich setzte sich die Romantik im Jahr 1830 nach der Schlacht von *Hernani durch*. Bei diesem Gründungsereignis handelte es sich um die öffentliche Aufführung eines Theaterdramas von Victor Hugo (französischer Schriftsteller, 1802-1885). Die Klassiker, die das Stück für revolutionär und respektlos hielten, pfiffen und tobten während der Aufführung. Die Romantiker hingegen unterstützen das Stück.

Die Romantik ist keine einheitliche Bewegung, aber die Künstler, die sich zu ihr bekennen, stimmen in einigen wichtigen Grundsätzen überein, wie z. B. dem Wunsch, sich von klassischen Zwängen zu befreien und Emotionen und Lyrik *durch* ein authentisches Wort auszudrücken. Die Romantiker wollten auch eine Vermischung der Genres und Register erreichen. Schriftsteller und Maler arbeiten ebenso zusammen, wie Dichter und Musiker.

Darüber hinaus stellen die Autoren romantische Helden in den Mittelpunkt ihrer Handlungen. Sie sind sensible und leidenschaftliche Menschen, deren Schicksal oft durchkreuzt oder sogar tragisch ist. Immer wieder geraten sie in Konflikt mit der Gesellschaft, die ihre Sehnsüchte verleugnet. Zwischen Hoffnung und Desillusionierung hin- und hergerissen, ziehen sie sich in ihre Einsamkeit, Isolation und manchmal auch in ihre Kunst zurück. Die Künstler der Romantik betonten Inspiration, Kreativität und angeborenes Talent gegenüber harter Arbeit.

BEDEUTENDE MYTHOLOGISCHE BEZÜGE

Die Kurzgeschichte enthält mehrere Verweise auf antike Mythen (z. B. auf Proteus, einen Gott, der sich verwandeln kann, oder auf Orpheus, den Dichter, der in die Unterwelt hinabsteigt, um seine Frau zu retten) oder auf biblische Erzählungen (durch die Erwähnung des Gemäldes *Maria die Ägypterin* von Porbus oder Mabuses *Adam und Eva* [um 1525]).

Der Autor nennt auch zwei mythische Helden, die direkt auf Frenhofers Situation verweisen:

- Prometheus, der Gott, der den Menschen aus Lehm geschaffen und ihm das Feuer geschenkt hat. Wie er nimmt auch Frenhofer die Haltung des Schöpfers eines Lebewesens ein. Prometheus wird dazu verurteilt, sich auf ewig von einem Adler die Leber fressen zu lassen, während Frenhofer Selbstmord begeht;

- andererseits Pygmalion, ein Bildhauer, der in eine seiner Schöpfungen, Galatea, verliebt ist. Wie dieser Künstler ist auch der Maler Balzacs in seine Schöpfung, seine Catherine Lescault, verliebt.

Diese mythologischen Bezüge bereichern die Figur: Sie verleihen ihr eine höhere Dimension. Frenhofer wird so zu mehr als einem einfachen Menschen. Für Poussin ist er übrigens der „Gott der Malerei" (S. 53); Balzacs Text vermittelt diese Idee explizit:

> *„Dieser weißäugige, aufmerksame und dumme alte Mann, der für ihn mehr als ein Mensch geworden war, erschien ihm wie ein launisches Genie, das in einer unbekannten Sphäre lebte. [Alles an diesem alten Mann ging über die Grenzen der menschlichen Natur hinaus. Was Nicolas Poussins reiche Vorstellungskraft beim Anblick dieses übernatürlichen Wesens an Klarheit und Wahrnehmbarkeit erfassen konnte, war ein vollständiges Bild der Künstlernatur, jener verrückten Natur, der so viele Mächte anvertraut sind"* (S. 57).

DIE FRAGE DER *MIMESIS*

Die Frage, ob die Kunst die Wirklichkeit wahrheitsgetreu wiedergibt, wird seit der Antike gestellt. Die Urteile, die um den Begriff der *Mimesis* (griechischer Begriff für „Nachahmung", „Darstellung") herum gefällt werden, sind vielfältig. *Das unbekannte Meisterwerk* kann als eine neue Stellungnahme innerhalb dieser jahrhundertealten Diskussion betrachtet werden. Der Autor schafft nämlich eine Figur, die der Meinung ist, dass ein perfektes Gemälde über die bloße Abbildung der Welt hinausgeht: Für Frenhofer muss der Maler Figuren malen, die den Eindruck erwecken, dass sie berührt oder gefühlt werden können, genauso wie reale Gegenstände.

Seine Vorwürfe gegen Porbus' Gemälde drehen sich genau um diesen Funken Leben, den Gemälde haben müssen, um zu Meisterwerken zu werden. Frenhofer zufolge müssen Malerei und Realität miteinander verschmelzen. Interessanterweise geht diese Beziehung in der Kurzgeschichte in beide Richtungen, da die Realität auch die Illusion einer malerischen Darstellung erwecken kann. Diesen Eindruck hat Poussin, als er Frenhofer zum ersten Mal sieht: „Sie sahen aus wie ein Gemälde von Rembrandt, das still und rahmenlos in der dunklen Atmosphäre wandelt, die sich dieser große Maler angeeignet hat." (p. 36)

Das Ende der Geschichte scheint das Scheitern der *Mimesis zu* verkünden: Die Figur, die die Logik der Nachahmung der Natur bis zum Äußersten treiben wollte, schafft es nicht, ihre Ambitionen zu verwirklichen. Die Kunst hat ihre Grenzen und man muss sie akzeptieren.

EIN NACHRUHM IN DEN KÜNSTEN

Mit *Le Chef-d'œuvre inconnu (Das unbekannte Meisterwerk)* wird Balzac zum Visionär. Er entwickelt nicht einfach einen Diskurs über die Malerei, sondern seine eigene Reflexion über die Künste in ihrer Gesamtheit. In einer Zeit kultureller und literarischer Umwälzungen geschrieben, scheint Balzacs Novelle selbst in der malerischen Avantgarde zu stehen, insbesondere durch das Drama des Scheiterns der *Mimesis, das* Frenhofer durchlebt. Dieses Drama mündet in eine neuartige Kunstauffassung, die erst ein Jahrhundert später verwirklicht werden sollte: die abstrakte Kunst.

Abstrakte Kunst ist eine Kunstrichtung des 20. Jahrhunderts, die mehrere sehr unterschiedliche Bewegungen umfasst. Das gemeinsame Merkmal dieser verschiedenen Bewegungen ist, dass sie im Gegensatz zur gegenständlichen Kunst Gefühle und Empfindungen durch Formen und Farben hervorrufen, ohne die Realität abbilden zu wollen.

So scheint das Bild Frenhofers, wie es in der Erzählung beschrieben wird, ein abstraktes, symbolisches, ungegenständliches Bild zu sein. Mit dieser Erzählung scheint Balzac den Höhepunkt einer kulturellen und malerischen Reflexion vorzuschlagen, die ein Jahrhundert lang andauerte. Tatsächlich zeigt uns diese avantgardistische Überlegung, dass die perfekte Darstellung, die von den Realisten des 19. Jahrhunderts angestrebt wurde, unmöglich ist. Daher inspirierte Frenhofers Gemälde unweigerlich die folgenden Künstler.

Die Kurzgeschichte erlebte daher auch in der Kunst einen gewissen Nachruhm. Tatsächlich ließen sich mehrere Maler in ihren Bildern von der Novelle inspirieren. Einige, wie Cézanne (französischer Maler, 1839-1906), erkannten sich sogar in den Zügen des desillusionierten Meisters wieder, dessen Meisterwerk von seinen Zeitgenossen nicht anerkannt wurde. Cézanne schuf übrigens um 1867-1872 die Werke *Der Maler Frenhofer behält sein unbekanntes Meisterwerk* und *Frenhofer zeigt sein Meisterwerk*.

Die Aura des fiktiven Malers und seines Meisterwerks hat sich in vielen Bildern niedergeschlagen:

- *Madame Kupka unter den Vertikalen* (1910-1911) von Kupka (tschechischer Maler, Zeichner und Radierer, 1871-1957);

- die verschiedenen Versionen (zwischen 1914 und 1964) von Picassos *Maler und sein Modell* (spanischer Maler, Grafiker und Bildhauer, 1881-1973);

- *Woman I* (1950-1952) von De Kooning (niederländischer Maler, 1904-1997);

- *La demi-sœur de l'inconnue* (1961) von Dufrêne (französischer Maler, 1930-1982);

- oder *Das unbekannte Meisterwerk* (1982) von Kiefer (deutscher Maler, geb. 1945).

Alle diese Maler scheinen sich von Frenhofers Werken inspirieren zu lassen, der als eine Art Avantgardist des Impressionismus, Expressionismus oder Surrealismus erscheint. Die Kunst des Meisters Frenhofer, die Balzacs Fantasie entsprang, erscheint daher wie ein vorausschauender Traum.

DENKANSTÖSSE

EINIGE FRAGEN, UM IHRE ÜBERLEGUNGEN ZU VERTIEFEN...

- Warum hat Balzac Ihrer Meinung nach Maler, die tatsächlich existiert haben, in seine Novelle eingeführt?

- Poussin ist zwischen zwei Gefühlen hin- und hergerissen: Erklären Sie, welche und warum.

- Der Dialog zwischen Malerei und Literatur ist seit dem 19. Jahrhundert offen und fruchtbar. Inwiefern ist *„Das unbekannte Meisterwerk"* ein gutes Beispiel? Denken Sie insbesondere an den Autor, Balzac.

- Könnten Poussin und Porbus als die Verantwortlichen für Frenhofers Tod angesehen werden? Begründen Sie.

- Gibt Balzac die Situation des Malers im 17. Jahrhundert wahrheitsgetreu wieder? Entwickeln Sie Ihre Überlegungen anhand von präzisen Beispielen.

- In einem Brief an ^Frau Hanska (polnische Adlige, 1801-1882) vom 24. Mai 1837 behauptete Balzac, dass „das Werk und die Ausführung [durch die zu große Fülle des schöpferischen Prinzips] getötet [werden]". Zeigen Sie, inwiefern diese Regel sowohl in *„Das unbekannte Meisterwerk"* als auch in zwei anderen Kurzgeschichten aus seinen *„Philosophischen Studien"*, *Gambara* und *Massimilla Doni*, vorkommt.

- Vergleichen Sie die Figur des Malers, die in *Le Chef-d'œuvre inconnu* dargestellt wird, mit der Figur, die in Zolas *L'OEuvre* erscheint.

- Kann man davon ausgehen, dass Frenhofers Gemälde die abstrakte Kunst ankündigt, die im 20. Jahrhundert aufkommt?

- Die Kurzgeschichte hat in der Kunst einen gewissen Nachruhm erlangt. Welche Aspekte der Kurzgeschichte haben diese Maler geprägt?

- Welche bedeutenden Veränderungen nimmt Jacques Rivettes (französischer Filmemacher, 1928-2016) Verfilmung von *La Belle Noiseuse* im Vergleich zur Novelle vor? Wodurch lassen sie sich begründen?

WEITERFÜHRENDE INFORMATIONEN

REFERENZAUSGABE

DE BALZAC H., *Le Chef-d'œuvre inconnu* suivi de *La Leçon de violon*, Paris, *Le* Livre de Poche, Coll. « Les classiques d'aujourd'hui », 2002.

REFERENZSTUDIE

ARON P., SAINT-JACQUES D. und VIALA A. (Hrsg.), *Le dictionnaire du littéraire*, Paris, Presses universitaires de France, 2002.

DE BALZAC H., *Œuvres complètes*, *Bd.* I, Paris, Alexandre Houssiaux, 1855.

PAILLARD M.-C. (Hrsg.), *Le roman du peintre*, Clermont-Ferrand, Presses universitaires Blaise Pascal, 2008.

ANPASSUNG

La Belle Noiseuse, Film von Jacques Rivette, mit Michel Piccoli, Emmanuelle Béart, Jane Birkin und David Bursztein, Frankreich, 1991.

Deine Meinung ist uns wichtig!
Hinterlasse doch einen Kommentar auf der Seite
unserer Online-Buchhandlung
und teile Deine Favoriten in den sozialen Netzwerken!

derQuerleser.de

Literatur auf den Punkt gebracht!

Die präsentierten Inhalte werden vom Herausgeber überprüft, dennoch übernimmt dieser keine Haftung für die inhaltliche Richtigkeit, Vollständigkeit und Aktualität der vorgestellten Inhalte.

www.derQuerleser.de

ISBN digitale Ausgabe: 9782808686945
ISBN gedruckte Ausgabe: 9782808698344
Pflichtexemplar: D/2023/12603/1114

Cover: © Plurilingua
Logo: © Graphicrepublic (Freepik.com) und Plurilingua

Digitale Aufbereitung: Primento, der digitale Partner der Herausgeber.